coleção fábula

O HOMEM QUE PLANTAVA ÁRVORES

JEAN GIONO

O HOMEM QUE PLANTAVA ÁRVORES

ILUSTRAÇÕES
DANIEL BUENO

TRADUÇÃO
CECÍLIA CISCATO E SAMUEL TITAN JR.

editora■34

Para que o caráter de um ser humano desvende qualidades realmente excepcionais, é preciso ter a boa sorte de poder observá-lo em ação durante longos anos. Se essa ação é despida de todo egoísmo, se o espírito que a orienta é de uma generosidade sem igual, se é absolutamente certo que ela não buscou recompensa nenhuma e que, além do mais, deixou marcas visíveis neste mundo, então estamos, sem sombra de dúvida, diante de um caráter inesquecível.

Há mais ou menos quarenta anos, eu me lancei numa longa andança por paragens completamente desconhecidas para os turistas, nessa região muito antiga em que os Alpes entram pela Provença.

Essa região é delimitada a sudeste e a sul pelo curso médio do Durance, entre Sisteron e Mirabeau; ao norte, pelo curso superior do Drôme, de sua nascente até Die; e a oeste, pela planície do

Comtat Venaissin e pelos contrafortes do monte Ventoux. Ela cobre toda a parte norte do departamento de Basses-Alpes, o sul do Drôme e um pequeno enclave do Vaucluse.

Quando empreendi meu longo passeio por esses ermos, só havia descampados nus e monótonos, de mil e duzentos a mil e trezentos metros de altitude. Nada crescia por lá além de lavanda selvagem.

Eu ia atravessando a região em toda sua grande extensão quando, passados três dias de caminhada, me vi em meio a uma desolação sem igual. Estava acampado ao lado do esqueleto de um vilarejo deserto. Eu já não tinha mais água desde a véspera e precisava encontrar alguma. Mesmo em ruínas, aquelas casas aglomeradas, que mais pareciam um vespeiro abandonado, me fizeram pensar que ali devia existir, em outros tempos, uma fonte ou um poço. A fonte de fato estava lá, mas seca. As cinco ou seis casas sem teto, carcomidas pelo vento e pela chuva, e a capelinha, com seu campanário desmoronado, se enfileiravam como as casas e as capelas nos vilarejos vivos — mas ali não havia mais vida.

Era um belo dia ensolarado de junho, mas, nessas terras sem abrigo e tão perto do céu, o vento soprava com uma brutalidade insuportável. Seus rugidos nas carcaças das casas eram como o rosnar de uma fera incomodada enquanto come.

Fui obrigado a levantar acampamento. Cinco horas de caminhada mais tarde, ainda não havia encontrado água, e nada me dava esperança de encontrar. Era a mesma secura a perder de vista, o mesmo mato fibroso. Tive a impressão de avistar ao longe uma pequena silhueta preta, em pé. Achei que fosse o tronco de uma árvore solitária. Sem nada a perder, fui em sua direção. Era um pastor. Cerca de trinta carneiros deitados na terra escaldante descansavam perto dele.

Ele me deu de beber em seu cantil e pouco depois me levou até o curral, numa baixada do terreno. Ele tirava sua água — excelente — de um poço natural, bastante profundo, sobre o qual tinha instalado uma manivela rudimentar.

O homem falava pouco. É a sina dos solitários, mas parecia seguro de si, confiante. Era uma figura insólita naquela região desprovida de tudo. Não morava numa cabana, mas numa casa de verdade, feita de pedra, em que se via muito bem quanto trabalho pessoal havia sido necessário para reformar a ruína que encontrara ao chegar ali. O teto era firme e estanque. O vento que batia nas telhas fazia o mesmo barulho do mar quebrando nas praias.

Tudo estava arrumado, a louça lavada, o piso varrido, o fuzil lubrificado; uma sopa borbulhava sobre o fogo; percebi então que ele também estava recém-barbeado, que os botões estavam costurados com firmeza, que as roupas estavam cerzidas com o cuidado minucioso que torna os remendos invisíveis.

Ele dividiu a sopa comigo e depois, quando lhe estendi minha bolsa de fumo, disse-me que não fumava. O cachorro, silencioso feito o dono, era afável, sem servilismo.

Logo ficou decidido que eu passaria a noite ali; o vilarejo mais próximo ainda estava a mais de um dia e meio de caminhada. Além do mais, eu sabia muito bem como são os raros vilarejos dessa região. Há quatro ou cinco nas encostas dessas terras altas, espalhados e afastados uns dos outros, em meio a bosques ralos de carvalho branco, bem ao fim das estradas transitáveis. São habitados por lenhadores que produzem carvão de madeira. São lugares onde se vive mal. As famílias, apinhadas umas sobre as outras nesse clima de extrema aspereza, no verão como no inverno, exacerbam seu egoísmo entre quatro paredes. A ambição sem porquê perde ali toda medida, num desejo contínuo de fugir do lugar. Os homens levam o carvão para a cidade com seus caminhões, depois voltam. As qualidades mais sólidas se quebram ao meio sob essa perpétua ducha de água fria. As mulheres cozinham rancores em fogo brando. Há concorrência por tudo, pela venda do carvão ou pelo melhor lugar na igreja, pelas virtudes, que rivalizam entre si, ou pelos vícios, que rivalizam também, numa rixa geral, sem trégua, de vícios e virtudes. Naquelas alturas, o vento sopra igualmente sem trégua e irrita os nervos. Há epidemias de suicídio e muitos casos de loucura, quase sempre fatais.

Como não fumava, o pastor foi buscar um saquinho e esparramou em cima da mesa um monte de bolotas de carvalho. Começou a analisá-las, uma a uma, com muita atenção, separando as boas das ruins. Eu fumava meu cachimbo. Ofereci-me para ajudar. Ele me disse que ele mesmo tinha de fazer aquilo. E tinha mesmo: vendo o esmero com que se entregava ao trabalho, nem insisti. Foi essa toda nossa conversa. Quando formou, no lado das boas, um monte de bolotas do tamanho certo, contou-as de dez em dez. Enquanto fazia isso, ainda eliminou os frutos menores ou levemente rachados, examinando-os bem de perto. Assim que teve diante de si cem bolotas perfeitas, parou e fomos nos deitar.

A companhia daquele homem inspirava paz. Na manhã seguinte, pedi permissão para passar o dia todo descansando em sua casa. Ele achou tudo muito natural. Ou melhor, tive a impressão de que nada poderia incomodá-lo. Não é que me fosse imprescindível descansar, mas eu estava curioso e queria saber mais. Ele soltou o rebanho e o conduziu ao pasto. Antes de sair, mergulhou num balde d'água o saquinho em que pusera as bolotas escolhidas e contadas com tanto cuidado.

Percebi que, em vez de cajado, ele empunhava uma vara de ferro de um polegar de largura e mais ou menos um metro e meio de comprimento. Fiz de conta que estava passeando ao léu e segui uma estrada paralela à sua. A pastagem dos animais ficava no fundo de um vale. Ele deixou o rebanho aos cuidados do cachorro e subiu na minha direção. Tive medo que viesse ralhar comigo por minha indiscrição, mas longe disso: seu caminho passava por ali, e ele me convidou a acompanhá-lo, caso eu não tivesse nada melhor para fazer. Ia mais para cima, a duzentos metros dali.

Quando chegou ao lugar que buscava, começou a perfurar a terra com a vara. Fazia assim buracos dentro dos quais jogava uma bolota, antes de recobri-los. Estava plantando carvalhos. Perguntei se a terra lhe pertencia. Ele me respondeu que não. Sabia de quem era? Não sabia. Supunha que fosse uma terra comunal ou, quem sabe, uma propriedade de pessoas que não lhe davam a menor atenção?

Não fazia questão de saber quem eram os proprietários. Plantou as cem bolotas com todo o cuidado do mundo.

Após a refeição do meio-dia, ele começou a selecionar suas sementes. Devo ter sido um tanto insistente nas minhas perguntas, já que ele as respondeu. Fazia três anos que ele plantava árvores lá naqueles ermos. Já havia plantado cem mil. Das cem mil, só vinte mil tinham vingado. Das vinte mil, ele esperava ainda perder a metade por conta dos roedores ou de tudo aquilo que há de imprevisível na divina Providência. Sobravam dez mil árvores de carvalho que cresceriam naquele lugar onde antes nada havia.

Foi então que fiquei intrigado com a idade daquele homem. Parecia claramente ter mais de cinquenta anos. Cinquenta e cinco, ele me disse. Chamava-se Elzéard Bouffier. Tinha sido dono de uma terrinha na planície. Ali vivera toda a sua vida. Ali perdera seu único filho e depois sua mulher. Retirara-se para a solidão e desfrutava de uma vida lenta, com as ovelhas e o cachorro. Concluíra que aquelas terras estavam morrendo pela falta de árvores. Disse-me também que, não tendo ocupações muito importantes, havia resolvido remediar aquele estado de coisas.

Apesar de minha pouca idade, eu mesmo levava uma vida solitária naquela época, e sabia tocar com delicadeza a alma dos solitários. Foi então que cometi um erro. Minha pouca idade, justamente, me forçava a imaginar o futuro em função de mim mesmo e de certa busca da felicidade. Disse-lhe que, em trinta anos, esses dez mil carvalhos seriam magníficos. Ele respondeu apenas que, se Deus quisesse, dali a trinta anos ele teria plantado tantos carvalhos que aqueles dez mil seriam como gotas d'água no oceano.

A propósito, ele já estudava a reprodução das faias e mantinha perto de casa um viveiro repleto delas. As mudas, protegidas dos carneiros por uma grade, estavam esplendorosas. Ele também tinha previsto bétulas para as baixadas, já que ali, disse-me, uma certa umidade dormitava a poucos metros da superfície do solo.

Nós nos despedimos no dia seguinte.

Um ano depois começou a guerra de 14, para a qual fui recrutado por cinco anos. Um soldado de infantaria não tinha como ficar pensando em árvores. Na realidade, toda aquela história de plantar árvores não me marcara a fundo; parecia-me um passatempo, como uma coleção de selos, e eu a esquecera.

Com o fim da guerra, fui desmobilizado e me vi com uma bonificação minúscula no bolso, além de um grande desejo de respirar um pouco de ar puro. Foi sem grande ideia preconcebida — exceto essa — que tomei de novo o rumo daquelas paragens desertas.

A região não havia mudado. Todavia, para além do vilarejo morto, avistei ao longe algo como uma névoa cinzenta que recobria as alturas tal um tapete. Desde a véspera havia começado de novo a pensar naquele pastor que plantava árvores. "Dez mil carvalhos", dizia a mim mesmo, "ocupam realmente uma área e tanto."

Eu tinha visto morrer gente demais nos últimos cinco anos para não imaginar facilmente a morte de Elzéard Bouffier, ainda mais que, aos vinte anos, consideramos velhotes os homens de cinquenta, a quem só resta esperar pela morte. Ele não havia morrido. Estava até bem firme. Havia mudado de ocupação. Possuía apenas quatro ovelhas, mas, em compensação, tinha agora uma centena de colmeias. Livrara-se dos carneiros que ameaçavam suas plantações de árvores. Pois, disse-me (e eu podia constatá-lo), não fizera grande caso da guerra. Continuara a plantar, imperturbavelmente.

Os carvalhos de 1910 tinham agora dez anos e estavam mais altos do que eu e do que ele. Era um espetáculo impressionante. Fiquei literalmente sem palavras, e, como ele não dissesse nada, estivemos o dia todo calados, passeando por sua floresta. Em seus três trechos, a floresta tinha onze quilômetros de comprimento por três de largura máxima. Quando se pensava que tudo aquilo saíra das mãos e da alma daquele homem — sem meios técnicos —, logo se percebia que os homens podiam ser tão eficazes quanto Deus em outros domínios além da destruição.

Ele fora adiante com a sua ideia, e as faias, que chegavam à altura dos ombros, propagadas a perder de vista, eram testemunhas. Os carvalhos estavam vigorosos e haviam passado da idade de estar à mercê de roedores; quanto aos desígnios da Providência, bem, a partir de agora seria necessário recorrer a ciclones para destruir a obra criada. Ele me mostrou bosques admiráveis de bétulas que datavam de cinco anos, ou seja, de 1915, da época em que eu combatia em Verdun. Ocupara com elas todas as baixadas onde suspeitava, com justa razão, que houvesse umidade quase à flor da terra. As bétulas eram viçosas como adolescentes e muito determinadas.

A criação parecia, inclusive, funcionar em cadeia. Ele não se preocupava; cumpria obstinadamente sua função, muito simples. Mas, descendo de volta pelo vilarejo, avistei água corrente nos riachos que, até onde a memória dos homens alcançava, tinham sempre sido secos. Foi o mais formidável processo de reação que me foi dado ver. Esses riachos secos tinham outrora contido água, em épocas muito longínquas. Alguns desses vilarejos tristes que evoquei no começo de meu relato tinham sido construídos nos locais de antigos vilarejos galo- -romanos, cujos vestígios ainda sobreviviam, e nos quais arqueólogos haviam escavado e encontrado anzóis em lugares onde, no século xx, era preciso recorrer a cisternas para obter um pouco de água.

O vento também tinha espalhado sementes. Ao mesmo tempo que a água reaparecia, reapareciam os salgueiros, os vimeiros, os prados, os jardins, as flores e uma certa razão de viver.

Mas a transformação se dava tão lentamente que entrava no cotidiano sem fazer alarde. Os caçadores que subiam até os ermos, perseguindo lebres ou javalis, bem tinham notado a abundância de árvores jovens, atribuindo-a porém à astúcia natural da terra. E é por isso que ninguém punha as mãos na obra daquele homem. Se tivessem suspeitado, teriam-no contrariado. Mas ele estava acima de toda suspeita. Quem teria podido imaginar, nos vilarejos e nas administrações, tamanha persistência na generosidade mais magnífica?

*

A partir de 1920, nunca mais passei um ano que fosse sem visitar Elzéard Bouffier. Nunca o vi ceder ou duvidar. E sabe lá Deus se não era Deus mesmo que lhe dava forças! Perdi a conta de seus dissabores. Mas é fácil de imaginar que, para chegar a tal êxito, foi preciso vencer a adversidade; que, para garantir a vitória de uma paixão como aquela, foi preciso lutar contra a desesperança. Durante um ano, ele havia plantado mais de mil bordos. Todos morreram. No ano seguinte, desistiu dos bordos para voltar às faias, que se deram ainda melhor que os carvalhos.

Para ter uma ideia mais ou menos exata desse caráter excepcional, não se pode esquecer que ele agia em completa solidão; tão completa que, mais para o final da vida, ele tinha perdido o hábito de falar. Ou, quem sabe, não visse mais necessidade?

Em 1933, ele recebeu a visita de um guarda-florestal estupefato. O funcionário intimou-o a não fazer fogueira ao ar livre para não pôr em risco o crescimento daquela floresta *natural*. Era a primeira vez, disse-lhe o ingênuo, que se via uma floresta brotar sozinha. Naquela época, Elzéard Bouffier ia plantar faias a doze quilômetros de casa. Para evitar o trajeto de ida e volta—já contava então setenta e cinco anos—, estava pensando em construir uma cabana de pedra nos lugares onde estava plantando. Coisa que de fato fez no ano seguinte.

*

CARVALHO [*Quercus*]

SALGUEIRO [*Salix*]

BÉTULA [*Betula*]

FAIA [*Fagus*]

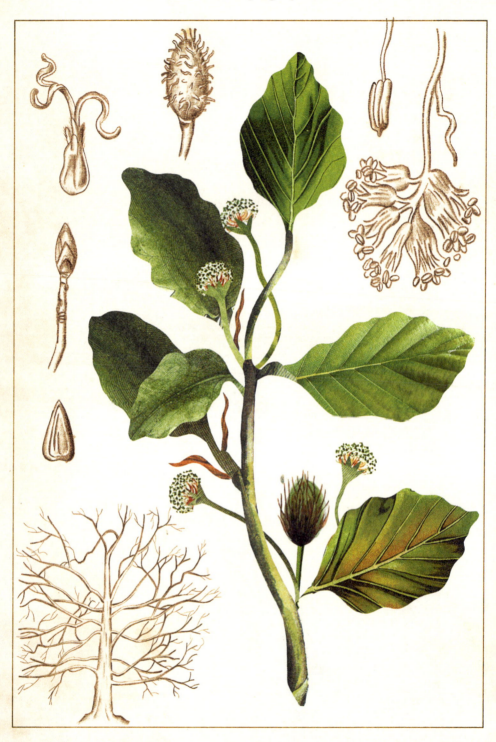

Em 1935, uma verdadeira delegação administrativa veio examinar a *floresta natural*. Havia um figurão do Departamento de Águas e Florestas, um deputado, alguns técnicos. Muitas palavras inúteis foram pronunciadas. Decidiu-se que algo seria feito e, felizmente, nada foi feito, a não ser a única coisa útil: pôr a floresta sob a proteção do Estado e impedir que fosse reduzida a carvão. Pois era impossível não ser tomado pela beleza daquelas árvores jovens em plena saúde. E a floresta exerceu seu poder de sedução até mesmo sobre o deputado.

Eu tinha um amigo entre os capitães florestais que faziam parte da delegação. Expliquei-lhe o mistério. Certo dia da semana seguinte, fomos os dois à procura de Elzéard Bouffier. Nós o encontramos em pleno trabalho, a vinte quilômetros do lugar onde acontecera a inspeção.

Esse capitão florestal não era meu amigo por acaso. Sabia o valor das coisas. Soube manter o sigilo. Ofereci em troca alguns poucos ovos que eu tinha trazido. Dividimos nosso lanche em três, e algumas horas se passaram na contemplação muda da paisagem.

O lado de onde vínhamos estava coberto de árvores de seis a sete metros de altura. Lembrava-me do aspecto da região em 1913: um deserto... O trabalho tranquilo e regular, o ar vivo das altitudes, a frugalidade e, sobretudo, a serenidade da alma tinham dado àquele senhor uma saúde quase solene. Era um atleta de Deus. Perguntava-me quantos quilômetros ele ainda cobriria de árvores.

Antes de ir embora, meu amigo fez apenas uma breve sugestão a respeito de certas espécies que poderiam servir ao terreno. Ele não insistiu. "Pela simples razão", disse-me depois, "que esse sujeito sabe mais do que eu." Ao cabo de uma hora de caminhada — a ideia tendo cumprido seu curso no espírito dele —, meu amigo acrescentou: "Ele sabe bem mais que todo mundo. Encontrou uma bela maneira de ser feliz!".

Foi graças a esse capitão que não somente a floresta, mas também a felicidade daquele homem foram protegidas. O capitão nomeou três guardas-florestais para essa tarefa e fez tanto terror que seus homens se tornaram insensíveis a toda propina que os lenhadores pudessem oferecer.

A obra correu somente um risco grave, durante a guerra de 1939. Na época, os automóveis funcionavam com gasogênio, e não havia lenha que bastasse. Começaram a cortar os carvalhos de 1910, mas aquelas áreas eram tão afastadas das estradas que o negócio se revelou péssimo do ponto de vista financeiro. Deixaram-no de lado. O pastor nada viu. Estava a trinta quilômetros dali, seguindo tranquilamente com sua tarefa, ignorando a guerra de 39 do mesmo jeito que havia ignorado a de 14.

Vi Elzéard Bouffier pela última vez em junho de 1945. Ele estava então com oitenta e sete anos. Eu havia retomado a estrada do deserto, mas agora, apesar do estado de destruição em que a guerra deixara a região, havia um ônibus que fazia o trajeto entre o vale do Durance e a montanha. Atribuí a esse meio de transporte relativamente rápido o fato de não reconhecer mais os lugares das minhas primeiras andanças. Eu tinha a impressão de que o itinerário me fazia passar por lugares novos. Foi preciso um nome de vilarejo para que eu concluísse que estava, de fato, na região outrora em ruína e desolação. O ônibus me deixou em Vergons. Em 1913, esse lugarejo de dez a doze casas tinha três habitantes. Eles eram selvagens, se detestavam, viviam de caçar com armadilhas, quase no estado físico e moral dos homens da pré-história. A seu redor, as urtigas devoravam as casas abandonadas. Sua condição era sem saída. Só lhes restava esperar pela morte, situação que não predispõe em nada às virtudes.

Tudo estava mudado. Até mesmo o ar. Ao invés das rajadas de vento secas e brutais que antes me recebiam, soprava agora uma brisa leve, carregada de perfumes. Um barulho parecido com o de água vinha das alturas: era o vento nas florestas. E então, coisa ainda mais surpreendente, escutei um verdadeiro barulho de água correndo num tanque. Vi que haviam erguido uma fonte, que ela era abundante e — foi o que mais me emocionou — que haviam plantado próximo a ela uma tília que ia pelos quatro anos, já viçosa, símbolo incontestável de uma ressurreição.

Além disso, Vergons dava mostras de um trabalho que não se faz sem esperança. Ou seja, a esperança havia voltado. Haviam desentulhado as ruínas, demolido os muros que caíam aos pedaços e reconstruído cinco casas. O lugarejo contava agora vinte e oito habitantes, sendo quatro jovens famílias. As casas novas, caiadas havia pouco, eram rodeadas de hortas onde cresciam, misturados mas alinhados, legumes e flores, repolhos e roseiras, alhos-porós e bocas-de-leão, aipos e anêmonas. Era agora um lugar onde dava vontade de morar.

A partir dali, fiz meu caminho a pé. A guerra, da qual acabávamos de sair, não permitia o desabrochar completo da vida, mas Lázaro tinha saído do túmulo. Sobre as encostas baixas da montanha, eu avistava pequenos campos de cevada e de centeio que começavam a brotar; ao fundo dos estreitos vales, algumas campinas verdejavam.

Não foram necessários mais que os oito anos que nos separam dessa época para que toda a região resplandecesse de vigor e bem-estar. No lugar das ruínas que eu havia visto em 1913, erguem-se agora propriedades rurais decentes, bem caiadas, que denotam uma vida feliz e confortável. As antigas nascentes, alimentadas pelas chuvas e neves retidas pelas florestas, voltaram a correr. Os cursos d'água foram canalizados. Ao lado de cada propriedade, nos bosques de bordos, os tanques das fontes transbordam sobre tapetes de hortelã fresca. Os vilarejos pouco a pouco se reconstruíram. Uma população procedente das planícies, onde a terra custa caro, veio se estabelecer na região, trazendo juventude, movimento e espírito de aventura. Encontram-se pelo caminho homens e mulheres bem nutridos, meninos e meninas que sabem rir e que retomaram o gosto pelas festas camponesas. Se levarmos em conta a população antiga, irreconhecível desde que passou a viver com leveza, e os recém-chegados, mais de dez mil pessoas devem sua felicidade a Elzéard Bouffier.

Quando considero que um único homem, reduzido a seus meros recursos físicos e morais, foi capaz de transformar um deserto em uma terra de Canaã, penso que, apesar de tudo, a condição humana é admirável. Mas quando faço a conta de quanta constância na grandeza de alma e de persistência na generosidade foram necessárias para obter esse resultado, sou tomado de um imenso respeito por aquele velho camponês sem cultura que soube levar a cabo essa obra digna de Deus.

Elzéard Bouffier morreu em paz, em 1947, no asilo de Banon.

UMA NOTINHA

Na origem de *O homem que plantava árvores* está uma encomenda — e uma história que merece ser contada.

Em alguma data entre o fim de 1952 e o começo de 1953, a revista norte-americana *Reader's Digest* convidou o escritor francês Jean Giono a enviar um texto para uma seção chamada "The Most Unforgettable Character I've Met". Nessa seção, pedia-se ao autor convidado que contasse seus encontros reais com a pessoa mais inesquecível, dotada do caráter mais singular, com que jamais topara no curso de sua própria vida. A encomenda era clara e inequívoca — ou assim parecia aos editores da revista.

Giono aceitou o convite e trabalhou rápido. Segundo Pierre Citron, seu editor e biógrafo, *O homem que plantava árvores* foi escrito nos dias 24 e 25 de fevereiro de 1953 e logo enviado à revista. Até aí, tudo bem. Seguindo sua praxe, os editores entregaram o texto original a um *fact--checker*, um checador de dados. Foi quando as coisas começaram a mudar de feição: por mais que buscasse, o pobre sujeito não encontrava o rastro de Elzéard Bouffier, nem no vale do rio Durance, nem em Vergons, sequer no asilo de Banon, onde ele teria morrido. Solicitado pela revista, Giono indicou nomes de pessoas que teriam conhecido Bouffier. De novo, nem traço do homem. A reação não se fez esperar: em carta ao autor, *Reader's Digest* recusava a publicação e, não contente, acusava-o de ser um impostor, de divulgar deliberadamente informações falsas!

Mais que ficar indignado, Giono terá se divertido à beça: o que mais a revista poderia esperar de um escritor, de um autor de romances? Giono era uma figura bem conhecida no mundo das letras: pouco antes, por exemplo, publicara com grande sucesso o belo romance *O cavaleiro no telhado*; e, ao longo de três décadas de carreira, já tivera tempo de fazer da sua Provença um microcosmo ficcional em que se reencenava toda a gama da experiência humana. Além do mais, a palavra inglesa *character* não significa, além de uma pessoa dotada de caráter único, também um *personagem* de ficção? Talvez a encomenda original contivesse mais possibilidades do que a própria revista supunha...

Fosse como fosse, o texto não saiu nas páginas de *Reader's Digest* e só foi publicado em março de 1954, na revista *Vogue* e sob o título de "The man who planted hope and grew happiness". Nos anos seguintes, o texto foi traduzido para diversas línguas, sempre apresentado como história real. O autor eximiu-se de desfazer o engano, muito pelo contrário: em 1968, uma editora alemã pediu-lhe permissão para incluir o texto num volume dedicado a pessoas que se haviam destacado por seu espírito humanitário, e Giono não só concordou como fez questão de enviar uma suposta foto de Elzéard Bouffier!

O homem que plantava árvores saiu em francês pela primeira vez em 1973, isto é, três anos após a morte do autor — e não numa revista literária, mas sim na *Revista Florestal Francesa*. A história completa só veio à tona em 1975, quando a filha do escritor, Aline Giono, publicou um artigo em que revelava a divertida gênese da fábula.

Mera ficção, portanto? Sim — ainda mais quando se nota que, em diversos romances do autor, há personagens que perambulam com os bolsos cheios de bolotas de carvalho. E não, não apenas — pois a mesma Aline Giono também tratou de recolher um artigo publicado por seu pai no jornal *Le Dauphiné Libéré* em 2 de novembro de 1962. Nesse artigo, Giono recordava, por sua vez, a figura do próprio pai, sapateiro pobre mas dado a plantar árvores. Terminemos com um trecho desse texto, que faz pensar imediatamente no herói de *O homem que plantava árvores*:

> Claro está que não tínhamos nem terra nem tostão para comprar mudas de árvore para plantar, mas mesmo assim plantávamos alegremente. Digo "nós" porque eu tinha seis ou sete anos e acompanhava meu pai em suas andanças. Ele levava no bolso um saquinho com bolotas

de carvalho. As bolotas não custam nada ali, recolhidas ao pé dos carvalhos. Ele também tinha um bastão com ponta de ferro; bastões assim não custam nada, por assim dizer, pois todas as famílias têm um. O resto era uma questão de usar as pernas. Em certos pontos das colinas, em certos patamares, diante de uma bela vista, nos vales, junto às nascentes, à beira de uma picada, meu pai abria um buraco com o bastão e enterrava uma bolota, ou duas, ou três, ou cinco, ou mais, dispondo-as em tufos, em quadrados, em losangos. Era uma alegria sem igual: alegria de fazer, alegria de imaginar o que a natureza faria desses gestos tão simples. Enquanto tratávamos desses novos plantios, visitávamos também os dos anos precedentes. Nessas condições, uma em cada dez bolotas dá origem a um carvalho; é uma boa proporção. Como exultávamos quando encontrávamos uma planta bem robusta! De quantos cuidados nós a cercávamos — grades para protegê-la dos coelhos e das cabras, ou senão pequenos goles d'água, que levávamos numa garrafa, durante a estação seca!

SAMUEL TITAN JR.

Fábula: do verbo latino *fari*, "falar", como a sugerir que a fabulação é extensão natural da fala e, assim, tão elementar, diversa e escapadiça quanto esta; donde também falatório, rumor, diz que diz, mas também enredo, trama completa do que se tem para contar (*acta est fabula*, diziam mais uma vez os latinos, para pôr fim a uma encenação teatral); "narração inventada e composta de sucessos que nem são verdadeiros, nem verossímeis, mas com curiosa novidade admiráveis", define o padre Bluteau em seu *Vocabulário português e latino*; história para a infância, fora da medida da verdade, mas também história de deuses, heróis, gigantes, grei desmedida por definição; história sobre animais, para boi dormir, mas mesmo então todo cuidado é pouco, pois há sempre um lobo escondido (*lupus in fabula*) e, na verdade, "é de ti que trata a fábula", como adverte Horácio; patranha, prodígio, patrimônio; conto de intenção moral, mentira deslavada ou quem sabe apenas "mentirada gentil do que me falta", suspira Mário de Andrade em "Louvação da tarde"; início, como quer Valéry ao dizer, em diapasão bíblico, que "no início era a fábula"; ou destino, como quer Cortázar ao insinuar, no *Jogo da amarelinha*, que "tudo é escritura, quer dizer, fábula"; fábula dos poetas, das crianças, dos antigos, mas também dos filósofos, como sabe o Descartes do *Discurso do método* ("uma fábula") ou o Descartes do retrato que lhe pinta J. B. Weenix em 1647, segurando um calhamaço onde se entrelê um espantoso *Mundus est fabula*; ficção, não ficção e assim infinitamente; prosa, poesia, pensamento.

PROJETO EDITORIAL Samuel Titan Jr./ PROJETO GRÁFICO Raul Loureiro

SOBRE O AUTOR

Jean Giono nasceu em 1895 na cidadezinha de Manosque, na Provença. A mãe passava roupas para fora, o pai era um sapateiro de simpatias anarquistas. Abandonou os estudos em 1911 para trabalhar num banco, emprego que lhe deixava tempo para ler. Em 1915, foi convocado para lutar na infantaria — experiência que faria dele um pacifista e inspiraria o romance *Le Grand Troupeau* (1931). De volta a casa com o fim da guerra, casou-se com Élise Maurin e começou a escrever. Em 1929, depois de algumas tentativas mais ou menos frustradas, Giono publicou *Colline*, saudado por André Gide. Com o êxito do romance, pôde abandonar o emprego e dedicar-se à escrita. *Un de Baumugnes* saiu ainda em 1929 e *Regain* no ano seguinte. Ao longo da década de 1930, publicou diversos romances, como *Que ma joie demeure* (1935), além de ensaios contra o novo conflito que se aproximava. A ocupação e o pós-guerra foram anos difíceis para o escritor, criticado por seu pacifismo e por sua suposta simpatia pelo regime do marechal Pétain. À margem da vida literária, Giono dedicou-se à criação de dois grandes ciclos: de um lado, as *Crônicas romanescas*, entre as quais se destacam *Un roi sans divertissement* (1947), *Les Âmes fortes* (1950) e *Le Moulin de Pologne* (1952); de outro, um ciclo romanesco em torno ao personagem Angelo Pardi, de corte stendhaliano, que lhe valeu grande sucesso com *Le Hussard sur le toit* (1951) e *Le Bonheur fou* (1957). Em seus últimos anos de vida, seguiu publicando romances, ao mesmo tempo que explorava gêneros como o relato de viagem, o roteiro de cinema e mesmo a historiografia, com o magistral *Le Désastre de Pavie* (1962). Jean Giono faleceu de uma crise cardíaca na noite de 8 para 9 de outubro de 1970, em Manosque.

Escrito em 1953, *O homem que plantava árvores* esperou até 1980 para ter sua primeira edição em livro na França; em 1988, uma adaptação dirigida por F. Back ganhou o prêmio Oscar de melhor curta de animação.

SOBRE O ILUSTRADOR

Nascido em São Paulo em 1974, Daniel Bueno é ilustrador e quadrinista. Em 2001, formou-se em arquitetura na Universidade de São Paulo, onde também realizou um mestrado sobre Saul Steinberg (2007). Já colaborou com mais de cinquenta revistas e jornais, além de ter ilustrado diversos livros. Premiado no Brasil e no exterior, recebeu o Jabuti pelas ilustrações para *Um garoto chamado Rorbeto*, de Gabriel o Pensador (2006), *O melhor time do mundo*, de Jorge Viveiros de Castro (2006) e *A janela de esquina do meu primo*, de E.T.A. Hoffmann (2010), que também mereceu uma menção honrosa na Feira do Livro Infantil de Bolonha. Desde 2016, é professor da Escola Britânica de Artes Criativas, em São Paulo.

SOBRE OS TRADUTORES

Cecília Ciscato nasceu em São Paulo, em 1977. Graduada em Letras pela Universidade de São Paulo (2011), é também mestre em língua francesa pela Université Paris Descartes (2015). Traduziu para o português o *Discurso do prêmio Nobel de literatura 2014*, de Patrick Modiano (2015), e, para a coleção Fábula, *Que emoção! Que emoção?* (2016), de Georges Didi-Huberman, e *Outras naturezas, outras culturas*, de Philippe Descola (2016).

Samuel Titan Jr. nasceu em Belém, em 1970. Estudou filosofia na Universidade de São Paulo, onde leciona Teoria Literária e Literatura Comparada desde 2005. Editor e tradutor, organizou com Davi Arrigucci Jr. uma antologia de Erich Auerbach (*Ensaios de literatura ocidental*, 2007) e assinou versões para o português de autores como Adolfo Bioy Casares (*A invenção de Morel*, 2006), Gustave Flaubert (*Três contos*, 2004, em colaboração com Milton Hatoum), Voltaire (*Cândido ou o otimismo*, 2013) e Prosper Mérimée (*Carmen*, 2015).

SOBRE ESTE LIVRO

O homem que plantava árvores, São Paulo, Editora 34, 2018 TÍTULO ORIGINAL *L'Homme qui plantait des arbres* © Éditions Gallimard, 1980 ILUSTRAÇÕES © Daniel Bueno, 2018 TRADUÇÃO © Cecília Ciscato e Samuel Titan Jr., 2018 PREPARAÇÃO Leny Cordeiro REVISÃO Flávio Cintra do Amaral PROJETO GRÁFICO Raúl Loureiro ESTA EDIÇÃO © Editora 34 Ltda., São Paulo; 1ª edição, 2018; 1ª reimpressão, 2019; 2ª reimpressão, 2023. A reprodução de qualquer folha deste livro é ilegal e configura apropriação indevida dos direitos intelectuais e patrimoniais do autor. A grafia foi atualizada segundo o Acordo Ortográfico da Língua Portuguesa de 1990, que entrou em vigor no Brasil em 2009.

CIP — Brasil. Catalogação-na-Fonte
(Sindicato Nacional dos Editores de Livros, RJ, Brasil)

Giono, Jean, 1895-1970
O homem que plantava árvores / Jean Giono;
ilustrações de Daniel Bueno; tradução de Cecília Ciscato
e Samuel Titan Jr. — São Paulo: Editora 34, 2019
(1ª Edição – 2018; 1ª Reimpressão – 2019; 2ª Reimpressão – 2023).
64 p. (Coleção Fábula)

Tradução de: L'Homme qui plantait des arbres

ISBN 978-85-7326-691-7

I. Narrativa francesa. I. Bueno, Daniel.
II. Ciscato, Cecília. III. Titan Jr., Samuel. IV. Título.
V. Série.

CDD–843

TIPOLOGIA Scala PAPEL Munken 120 g/m² IMPRESSÃO Ipsis Gráfica e Editora, em junho de 2023 TIRAGEM 4 000

EDITORA 34

Editora 34 Ltda. Rua Hungria, 592
Jardim Europa CEP 01455-000
São Paulo — SP Brasil
Tel/Fax (11) 3811-6777
www.editora34.com.br